KB261384

풀

풀

김종해 시집

문학세계사

□시인의 말
나는 이런 시가 좋다

나는 이런 시가 좋다.

아침에 짤막한 시 한 줄을 읽었는데, 하루종일 방 안에 그 향기가 남아 있는 시.

사람의 온기가 담겨 있는 따뜻한 시.

영혼의 갈증을 축여주는 생수 같은 시.

눈물이나 이슬이 묻어 있는 듯한, 물기 있는 서정시를 나는 좋아한다.

때로는 핍박받는 자의 숨소리, 때로는 칼날 같은 목소리,

노동의 새벽이 들어 있는 시를 나는 좋아한다.

고통스러운 삶의 한철을 지내는 동안 떫은 물 다 빠지고

시인의 마음 안에서 열매처럼 익은 시.

너무 압축되고 함축되다가 옆구리가 터진 시.

그래서 엉뚱하고 다양한 의미로 보이기까지 하는
선시禪詩 같은 시.
뿌리와 줄기도 각기 다르고, 빛깔과 향기도 다르지
만,
최상의 성취를 꽃으로 빚어내는 하느님의 시.
삶의 일상에서는 말 한 마디 하지 않고 있다가
세상사의 중심을 시로써만 짚어내는 시인의 시.
시로써 사람을 느끼며, 그래서 사람으로 태어난 것
을 자랑하고 싶은 시.
울림이 있는 시, 향기 있는 시.
나는 이런 시가 정말 좋다.

이천일년 늦여름에

김 종 해

1

저녁은 짧아서 아름답다

2
짐朕의 베갯머리에

3
봄날, 화염병을 던졌다

4

햇살 한 접시, 바람 한 접시

5

그녀의 우편번호

1

저녁은 짧아서 아름답다

눈

눈은 가볍다
서로가 서로를 업고 있기 때문에
내리는 눈은 포근하다
서로의 잔등에 볼을 부비는
눈내리는 날은 즐겁다
눈이 내릴 동안
나도 누군가를 업고 싶다

새는 자기 길을 안다

하늘에 길이 있다는 것을
새들이 먼저 안다
하늘에 길을 내며 날던 새는
길을 또한 지운다
새들이 하늘 높이 길을 내지 않는 것은
그 위에 별들이 가는 길이 있기 때문이다

풀

사람들이 하는 일을 하지 않으려고
풀이 되어 엎드렸다
풀이 되니까
하늘은 하늘대로
바람은 바람대로
햇살은 햇살대로
내 몸 속으로 들어와 풀이 되었다
나는 어젯밤 또 풀을 낳았다

풀 · 2

풀이 몸을 풀고 있다
바람 속으로 자궁을 비워가는
저 하찮은 것의 뿌리털 끝에
지구라는 혹성이 달려 있다
사람들이 지상地上을 잠시 빌어 쓰는 것보다
더 오랜 시간을
풀은 흙을 품고 있다
바람 속에서
풀이 몸을 풀고 있다

고 별

지상의 시간이 끝난 사람이
잠자러 가는 시각,
인간의 이름은 모두 따뜻하다
이 별을 떠나기 전에
내가 할 일은 오직 사랑밖에 없다

저녁은 짧아서 아름답다

사라져가는 것보다 아름다운 것은 없다
안녕히라고 인사하고 떠나는
저녁은 짧아서 아름답다
그가 돌아가는 하늘이
회중전등처럼 내 발밑을 비춘다
내가 밟고 있는 세상은
작아서 아름답다

사모곡

이제 나의 별로 돌아가야 할 시각이
얼마 남아 있지 않다

지상에서 만난 사람 가운데
가장 아름다운 여인은
어머니라는 이름을 갖고 있다

나의 별로 돌아가기 전에
내가 마지막으로 부르고 싶은 이름
어·머·니

길

잠을 잘 시간에만 길이 보인다
꿈속에서만 세상을 걸어다녔는데
새벽녘에는 길이 다 지워져 있다
특히 잎 지는 가을밤은 더욱 그러하다
지상의 시간이 만든
벼랑과 벼랑 사이
떨어지는 잎새를 따라가 보면
아, 그 시각에만 환하게
외등이 켜져 있다

가을길

한로 지난 바람이 홀로 희다
뒷모습을 보이며 사라지는 가을
서오릉 언덕 너머
희고 슬픈 것이 길 위에 가득하다
굴참나무에서 내려온 가을산도
모자를 털고 있다
안녕, 잘 있거라
길을 지우고 세상을 지우고 제 그림자를 지우며
혼자 가는 가을길

텃 새

하늘로 들어가는 길을 몰라
새는 언제나 나뭇가지에 내려와 앉는다
하늘로 들어가는 길을 몰라
하늘 바깥에서 노숙하는 텃새
저물녘 별들은 등불을 내거는데
세상을 등짐지고 앉아 깃털을 터는
텃새 한 마리
눈 날리는 내 꿈길 위로
새 한 마리
기우뚱 날아간다

2

짐朕의 베갯머리에

불면不眠에 대하여

　한밤에 난초잎이 난초잎으로 있지 않고 짐朕을 깨우는 일은 예사로운 외침外侵이 아니다. 더구나 난초잎 위에 황홀한 이슬이 실려 짐朕의 꿈을 넘나드는 일은 명백한 외침外侵이다. 한밤의 바람부는 절벽을 타고 짐朕은 밤새도록 풍란을 채취했는데, 그 잎사귀들은 모두 외성에 꽂혀 있다. 바람의 힘에 따라 성은 허물어지기도 하고 허물어지지 않기도 하는데 후궁에서 짐朕은 밤새 바람이 하는 일을 지켜보고 있다. 짐朕은 부끄럽다, 나라 안의 작은 사물마저 좌지우지 못하고 뜬눈으로 대적對敵하니, 사는 일이 부끄럽다.

어둠에 대하여

한밤에 난초잎이 맞이한 어둠이나
짐朕이 맞이한 어둠이 다르지 아니하나,
오늘밤 짐朕의 하늘엔 별이 뜨지 아니한다.
시녀들에 등燈을 들려
이승이 잘 보이는 난간에 나서보면
사람 사는 세상의 길이 끊겨 있다.
집집마다 골짜기는 깊고,
문을 열면 아스라한 낭떠러지.
당인리가 보이는 마포 한끝에서
강이 흐르는 길을 근심한 적 없으나,
오늘처럼 이승이 잘 보이는 날엔
어둠이여,
차라리 두 손으로 짐朕의 눈을 가려다오.

인사동으로 가며

인사동에 눈이 올 것 같아서
궐闕 밖을 빠져나오는데
누군가 퍼다 버린 그리움 같은 눈발
외로움이 잠시 어깨 위에 얹힌다.
눈발을 털지 않은 채
저녁등이 내걸리고
우모羽毛보다 부드럽게
하늘이 잠시 그 위에 걸터앉는다.
누군가 댕그랑거리는 풍경소리를
눈 속에 파묻는다.
궐闕 안에 켜켜이 쌓여 있는
내 생生의 그리움
오늘은 인사동에 퍼다 버린다.

섬

동짓달 겨울바다가 시중을 들면
모후母后께서 지상으로 길을 내어 오시는
겨울섬 하나.
짐朕이 날린 물새들이
섬을 물고 떠 있다.
섬은 항시 짐朕 속에 있되
섬으로 가는 길 또한 끊겨 있다.
세상일 서럽고 파도 높은 날
모후母后께서 보내주신
겨울섬 하나.
오늘은 짐朕의 베갯머리에 와
찰랑이나니
섬은 짐朕을 떠나지 않고
모후母后께서 내린 달빛이
짐朕의 그믐밤을 일깨우나니……

가을에는 떠나리라

바람부는 날 떠나리라
흰 갓모자를 쓰고 바삐 가는 가을
궐闕 안에서 나뭇잎은 눈처럼 흩날리고
누군가 폐문에 전생애를 못질하고 있다
짐朕의 뜻에 따라
가야금 줄 사이로 빠져나온 바람은 차고
눈물이 맺혀 있다
떠나야 할 때를 알면서
짐朕이 이곳에 머뭇거리는 것은
아직 사랑할 일이 남아 있기 때문이다
아직 그리워할 일이 남아 있기 때문이다
흐르는 물이 가는 길을 탓하지 않으며
손금 사이로 흐르는 일생을 퍼담는다
슬픔이 있을 것 같은 날을 가려
이 가을에는 떠나리라

남기는 말씀

바람이 부는 것을 허락하였고
꽃이 피는 것을 막지 않았다
봄이 오는 것을 허락하였고
봄이 가는 것 또한 막지 않았으니
다툴 일 하나 없다
사는 일 이 같으니
짐의 마음 가뿐하다
잠시 머무는 땅
사랑할 일 너무 많다
천년 뒤 또 바람이 불고
꽃이 피거든
짐의 궁성에 사는 모든 이들
이같이 하라

입관入棺

누구에게나 아침이 있고
낮이 있고
저녁이 다 있건만
그 하루를 뜻대로 채운 사람은
오늘, 행복하다
팔 것 다 팔고
손털고 돌아가는 자 앞에서
내 오늘 머리 숙여 경배하노니
그대 지은 옷에서
며칠 후, 며칠 후라는 말의
실밥을 뜯으며
눈물짓는 까닭은.

3

봄날, 화염병을 던졌다

봄날, 화염병을 던졌다

산에 들에 번지는 불꽃.
사월이 오면
누군가가 만들어 던지는 화염병 시위
누가 저 불길 좀 잡아다오
뒷짐지고 서 있기가
괴로운 봄날

찔레꽃 · 2
──별들도 궁녀처럼

오월의 며칠은 늦잠을 잘 수 없다
어머니가 이고 오신
달빛 열두 필
한뜸 한뜸 오려내어
찔레덤불 위에 부려지면
찔레꽃 향기 천지에 가득하다

오월의 며칠
노란 꽃술 흰 드레스로
새벽같이 어머니는 오시고
별들도 궁녀처럼 가만가만 뒤따른다

찔레꽃 · 3
——오월의 며칠은

오월의 며칠은 늦잠을 잘 수 없다
밤새도록 하늘에서 별들이 내려와
찔레덤불 위에
하얗게 앉아 있다
알몸으로 웃고 재잘거리는
애기별똥별
주먹이 눈부시다
오오, 귀여운 것
개중에는 내 손주도 몇 앉아 있다.

낮 별

아이들을 따라 어린이 놀이터에 나왔습니다.
새힘은 아홉 살 새별은 일곱 살
그네를 탑니다
이삭은 다섯 살 이솝은 세 살
시소를 탑니다
아이들은 바람을 탑니다
번갈아 이웃동네 하늘까지 날아오릅니다
장마가 끝난 하늘 사이로
아이들의 웃음소리가 파랗게 낮별이 되어 떠오릅니
다
철봉에 매달린 나는 떨어질 것 같습니다
아이들은 새처럼 날아와
낮에 떨어지는 별똥을 떠받쳐줍니다
할·아·버·지!
나는 깜짝 놀라 철봉을 더 힘껏 쥡니다

수락산에 젖을 물리던

젊어서
상계동에서 바라보는 수락산은
하나의 산에 지나지 않았다.
풀이 있고 숲이 있고 계곡이 있는
하나의 산이었다
봄밤이라는 이유 때문에
밤새도록 몸을 뒤척이던 산

우리 마을에 살고 있던
볼이 붉은 그 여자
월요일 아침이면 등산을 하는 그 여자
수락산에 젖을 물리던 그 여자를
눈발 날리는
이순의 나이에
비로소 보았다

봄바람!

개같이 헐떡이며 달려오는 봄
새들은 깜짝 놀라 날아오르고
꽃들은 순전히 호기심 때문에
속치마 바람으로
반쯤 문을 열고 내다본다
그 가운데 숨은 여자
정숙한 여자
하얀 속살을 내보이는 목련꽃 한 송이
탓할 수 없는 것은 봄뿐이 아니다
봄밤의 뜨거운 피가
천지에 가득하다
손에 잡히는 대로 뜨뜻해지는
개 같은 봄날!

열 쇠

삽입하자마자
안에서 놓치지 않고 물고 돌아가는
탄력 있는 금속성
황홀하다 황홀하다
손끝에서 온몸으로 옮겨 붙는
마음의 성감대를
나만 혼자 가진 것일까
삽입하자마자 찰나에 감응하는
순발력을 나는 좋아한다
아무도 없는 잠긴 문 밖에서
나는 절정의 순간을 교감한다
찰나 속에 스치는
황홀한 우주의 블랙홀을
오늘도 잡았다

따스한 것은 빨리 증발한다

따스한 것은 빨리 증발한다
새벽에 눈을 떠보니까
나의 동무들은 모두 떠나고
나 혼자 남아 있다
외로워지니까 추억이 그 자리를 넓힌다
내 안에서 인기척을 내는 것은
무인도뿐이다
저 혼자 바위가 되거나
바람이 되는 것이다
하루치의 미세량!
무인도에선
그리운 사람의 이름만
파도소리를 내고 있다.

나의 아내 뉴질랜드

뉴질랜드가 나의 아내는 아니지만
아내가 가진 사막,
습기없는 사막 가운데서 자라는 풀,
터석을 보았다
아내의 사막에 바람은 불고
마른 터석은 굴러다닌다

봄이 오는 뉴질랜드가
나의 아내는 아니지만
만년설을 이고 귀국하는 아내
뉴질랜드의 터석은 굴러서
내 이순의 사막에 와서
딱 멈추었다

귀를 막았다

나는 내가 가진 핸드폰의 번호를 모른다
시도 때도 없이 오접되어 걸려오는 전화 때문에
나는 전원을 꺼버린다
누구일까, 우주 저쪽에서
집요하게 나를 찾아 보내오는 신호음,
이 세상의 것이 아닌 신호음을
나는 알고 있다
나는 두렵다
우주에서 무선으로 내게 오는 그것
지상의 시간이 끝났다!
그 말을 듣지 않으려고
전원을 끈 핸드폰은,
내 영혼 바깥에 버려져 있다

춘투春鬪, 사라지다!

주적主敵도 사라지고
투쟁할 일도 없는
나른한 봄날 며칠
치과병원에서 나는 무장해제되었다
내 입안에서 몰래 자란 흉기
야수의 송곳니도 잘라내었고
치명적인 독극물도 뽑아내었다
황사 자욱한 언덕 너머
주적은 있는 듯 없는 듯
나른한 봄날 며칠
치과의사 두엇이 달려들어
며칠째 내 송곳니를 잘라내고 있다

4

햇살 한 접시, 바람 한 접시

잡초뽑기

호미로 흙을 파면서
잡초를 뽑는다
잡초들은 내 손으로 어김없이 뽑혀지고
뽑혀진 잡초들은 장외場外로 사라진다
옥석玉石을 구분하는 나의 손도 떨린다
하늘은 이 잡초를 길러내셨으나
오늘은 내가 뽑아내고 있다
밭을 절반쯤 매면서
문득 나는 깨달았다
이 밭에서 잡초로 뽑혀나갈 명단 속에
아, 어느새 내 이름도 들어가 있구나!

텃 밭

내가 뿌린 씨앗들이 한여름 텃밭에서 자란다
새로 입적한 나의 가족들이다
상추 고추 가지 호박 딸기 토마토 옥수수 등의
이름 앞에 김씨 성을 달아준다
김상추 · 김고추 · 김가지 · 김호박 · 김딸기……
호미를 쥔 가장의 마음은 뿌듯하다
내 몸 잎사귀 가장자리마다 땀방울이 맺힌다
흙 속에 몸을 비끄러매고 세상을 훔쳐보는 눈,
잡초의 이름 앞에도 김씨 성을 달아준다
잡초를 뽑아내는 내 손이 멈칫거린다
김잡초, 그러나 나는 단호하다
늘어나는 식구들 때문에 가장은 바쁘다
흙의 뜻을 하늘에 감아올리는 가장은 바쁘다
오늘은 아버지께 한나절 햇빛을 더 달라고 한다

목마른 내 가족들에게 한 소나기 퍼부어 달라고 부
탁을 한다
　아아, 살아 있는 날의 기도여!

한삼덩굴

지난 여름 내내 내 텃밭을 괴롭혔던 잡초의 얼굴을 드디어 식물도감에서 찾아내었다. 한삼덩굴이라는 이름을 가진 이놈은 내가 가꾸는 텃밭뿐만 아니라 내 삶의 비탈, 어느 둔덕이나 뒤안길에서도 사사건건 덩굴손을 뻗으며 가시를 돋웠다. 결박하였다. 꿈길에서조차 내 발목을 잡았다.

지난 여름 내내 단 한편의 시마저 쓰지 못했던 죽은 시인의 시간, 한삼덩굴은 내 텃밭을 기어나와 황막한 땅의 문맥을 문신으로 보여주었고, 힘의 논리를 내 땅 위에 수놓았다.

오늘 아침 문득 가을이 오매, 잎 떨어지는 가을이 깊어가매, 내 집 문 앞에 문득 가을처럼 나타나 작별 인사를 고하는 그 사람, 한삼덩굴은 누구의 삶 속에서나 잎을 펴고 사라진다. 단지 그것이 한삼덩굴의 이름이라는 것을 모를 뿐이다.

칠월, 아침밥상에 열무김치가 올랐다

흙은 원고지가 아니다. 한 자 한 자 촘촘히 심은 내 텃밭의 열무씨와 알타리무씨들, 원고지의 언어들은 자라지 않지만 내 텃밭의 열무와 알타리무는 이레만에 싹을 낸다. 간밤의 원고지 위에 쌓인 건방진 고뇌가 얼마나 헛되고 헛된 것인가를 텃밭에서 호미를 쥐어보면 안다. 땀을 흘려보면 안다. 물기 있는 흙은 정직하다. 그 얼굴 하나하나마다 햇살을 담고 사랑을 틔운다. 하늘에 계신 어머니가 내 텃밭에 와서 일일이 이름을 불러낸다.

칠월, 아침밥상에 열무김치가 올랐다.
텃밭에서 내가 가꾼 나의 언어들.
하늘이여, 땅이여, 정말 고맙다.

개나리꽃 폈다

삼월의 첫째 주일
약속한 날이
발밑에 와 있다
햇빛과 바람이 먼저 깨운다
삼월의 둘째 주일
약속한 날
전지역에서 쓸 소리와
불꽃을 준비했다
삼월의 셋째 주일
봄비가 한밤에서 새벽녘까지
가야금을 뜯었다
실핏줄이 가렵다
삼월의 넷째 주일
그대가 점지한 날

다함께 하늘을 들어올리고
촛불을 켠 채 뛰어나갔다
개나리꽃 폈다!

해당화 심던 날

해당화는 흰 치마를 입고 있다
남양주에서 온 그 여자
한때 바다와 동거했던 그 여자
가녀린 발목에 모래가 묻어 있고
달빛을 업고 서 있는 여자
알몸이 눈부시다
서오릉 언덕 아래
해당화를 심은 날 밤
밤새도록 파도소리 들리고
내 발목에도 모래가 묻어 있다

새아침의 기도

아버지
새날로 시작되는 오늘 새 아침
깨끗한 희망 한 접시
햇살 한 접시
공기 한 접시
우리의 식탁 위에 오르게 하소서
가장 소박한 것의 은혜를
크게 깨닫게 해주시고
어제의 풀어지고 느슨한 나사를
오늘은 꼭꼭 죄어주소서
일하러 나가는 사람의 어깨 위에
기쁨과 보람을 더 얹어 주소서
우리 살아가는 일의 중심이
평범한 자의 행복에 있음을
치중해 주소서

슬픔이 있는 날
괴로움이 있는 날을 지내온 사람에게
더 큰 행운을 적용해 주소서

아버지,
하늘을 주시고 빛을 주시어
더 바랄 것이 없는
새날로 시작되는 오늘 아침,
당신을 찬송하기에는 우리의 식탁에
너무나 빈 접시가 많이 놓여 있음을
당신은 보소서
우리 살아가는 일의 비바람 불고
천둥 번개치는 날은 견딜 수 있지만,
하늘에서 땅에서 바다에서
우리 사는 길목마다

재앙의 뇌관이 터지고
끊어진 길 위에서
허둥대는 사람들을 보소서
절망하고 저주하는 사람들을 보소서
우리 살아가는 길 위에서
암초를 거두소서
위험해, 위험해, 미리 경계하시고
그 뇌관을 지워주소서
하늘의 길, 땅의 길
물길도 길은 길이지만
남을 위해 일하고 사랑하는 마음이
길이 된다는 것을 알려주소서

아버지, 새날로 시작되는 오늘 아침
깨끗한 희망 한 접시

햇살 한 접시
공기 한 접시
우리의 식탁 위에 가득하게 하소서

꿈꾸는 사람에겐 어둠이 필요하다

춥고 어두운 날의 은혜가 있으므로
새날은 더욱 눈부시다
서설이 깔린 길은 더욱 눈부시다
그대 식탁 위의 은식기마다 반짝이는 것은
햇빛 같은 사랑
가득 담겨 있을수록
내일은 푸르고 더욱 아름답다
새날을 받기 위해 줄지어선 사람들
그대에게 지금 필요한 것은
약간의 어둠이다
꿈꾸는 사람에겐 어둠이 필요하다
내일 아침 햇살을 낳기 위해
오늘밤을 진통하는 여인처럼
그대의 식탁 위엔
아무도 손대지 않은

한 세기가 차려진다
춥고 어두운 날의 은혜가 있으므로
오늘 아침
세상은 더욱 눈부시다

유월의 녹슨 철조망은 유월에 걷는다

2000년 유월의 둘째 화요일
평양의 순안 비행장에서
두 남자가 처음으로 굳게 손을 잡은 그날
나는 불어터진 라면을 점심으로 먹었다
분단 55년의 철조망을 걷어내기 위해
두 남자가 맞잡은 손
진분홍 꽃술을 흔드는 평양 시민들의 환호와 열광
이,
자발적이었든 동원되었든간에
가슴에 불을 붙이는데
나는 자꾸 눈가에 달라붙는 물기를 닦아내었다
오오, 이것이 눈물이었구나
그날 나는 '통일'이라는 낯익은 이름 때문에 목이
메어
불어터진 라면을 점심으로 먹었다

남북의 두 남자
나는 개인적으로 남북의 두 남자를 좋아하지 않지
만
그러나 이날만은
'민족'을 어깨에 지고
'통일'을 등짐진
두 지도자가 더없이 소중하고 자랑스럽다
이 시대 우리의 가장 큰 희망
우리의 소원 앞에
다 함께 경건하게 다가선 사람
세계가 경악한 유월의 또 하나의 사변 앞에
대책없이 나는 젖을 수밖에 없다
세계가 분단 한반도에 축복을 보내는
2000년 유월의 둘째 화요일은
코리아의 날, 한민족의 날

*

묻지 마라, 우리에게 전쟁이 언제 있었는지
남에서 북에서 총폭탄이 터지고
깨지고 허물어지고 죽고 헤어지던
그 유월의 전쟁을 묻지 마라
그날의 상흔이 묻힌 유월에
남과 북은 오늘 서로 녹슨 철조망을 걷어내려 한다
가슴속에서 ‘적’이라는 이름을 지우고
‘민족애’로 서로의 굶주림을 채우려 한다
오랜 기다림 끝에
참으로 조심스럽게 큰 걸음 내딛는
자주통일을 향한 첫보법
남과 북이 서로 위하고 서로 나누고
서로 사랑하며

공존공영을 엮어가는 통일의 시대
한반도의 영광을 필생의 힘으로
오늘 우리는 준비하려 한다
평양에서 서울에서 숨가쁘게
조국통일의 꽃불잔치가 벌어질
그날을 기다리며
나는 오늘 서울 마포의 구석진 사무실에 웅크리고
앉아
불어터진 한 그릇의 라면 국물을
눈물처럼 마신다

5

그녀의 우편번호

이 모

생선장수 이모가 내다 파는 바다
바다는 다 팔았고
도마 위에 비늘만 남아서
이모는 따로 할 일이 없는데
밤마다 새벽별은 이모를 깨우는데
청상과부 이모는 대답이 없다
이모가 다 팔아버린 바다
이 세상에 바다는 더 이상 없다

섬 하나

어머니가 이고 오신 섬 하나
슬픔 때문에
안개가 잦은 내 뱃길 위에
어머니가 부려놓은 섬 하나
오늘은 벼랑 끝에
노란 원추리꽃으로 매달려 있다
우리집 눈썹 밑에 매달려 있다
서투른 물질 속에 날은 저무는데
어머니가 빌려주신 남빛 바다
이젠 저 섬으로 내가 가야 할 때다

보름달

눈비에 젖는 일이 예사로운 날
하루의 악천후와
미끄러운 활주로를 거쳐
간,신,히,
격납고에 기체를 집어넣고
감사 기도를 짧게 하고
오늘 일을 끝낸 다음,
내 집으로 오르는 현관 계단에서
멈칫,
누군가 나를 지켜보는 이 있어
나는 하늘을 잠시 보았다
아, 하늘에는
어머니가 환하게 웃고 계신다

그녀의 우편번호

오늘 아침 내가 띄운 봉함엽서에는
손으로 박아쓴 당신의 주소
당신의 하늘 끝자락에 우편번호가 적혀 있다
길 없어도 그리움 찾아가는
내 사랑의 우편번호
소인이 마르지 않은 하늘 끝자락을 물고
새가 날고 있다
새야, 지워진 길 위에
길을 내며 가는 새야
간밤에 혀끝에 굴리던 간절한 말
그립다, 보고 싶다,
뒤척이던 한마디 말
오늘 아침 내가 띄운 겉봉의 주소
바람 불고 눈 날리는 그 하늘가에
당신의 우편번호가 적혀 있다

　　　　　*

나는 오늘도 편지를 쓴다
세상에서 가장 아름다운 여인의 이름
수신인의 이름을 또렷이 쓴다
어·머·니

　　　　　*

새야,
하늘의 이편과 저편을 잇는 새야
사람과 사람 사이
그 막힌 하늘길 위에
오작교를 놓는 새야
오늘밤 나는 그녀의 답신을 받았다

흰 치마 흰 고무신을 신으시고
보름달로 찾아오신
그녀의 달빛 편지
나는 그녀의 우편번호를
잊은 적이 없다

급브레이크를 자주 밟는 까닭

　나는 내 차의 결함이 어떻다는 것을 모른다. 치질수술을 받고, 이빨을 갈아끼우는 단순한 내 몸의 변화를 대수롭지 않게 받아들이면서 비로소 나는 내 차의 결함에 관심을 갖기 시작했다. 90년식 콩코드의 노회한 숨소리가 조금씩 내 몸 속으로 들어오고 있다. 그리고 나는 헐떡이고 있다, 밀리고 있다, 새고 있다라는 자각증상이 내가 밟은 타이어 자국마다 묻어났다. 순정부품으로 갈아끼우는 일은 어렵지 않다. 그러나 자주 눈발처럼 차창에 달라붙는 저 쓸쓸함과 허전함은 무슨 순정부품으로 갈아끼울 것인가.

　갈현동 언덕 아래서 멈칫,

　나는 급브레이크를 자주 밟는다.

비우는 것이 순리다

이해준의 춤을 보러
일요일 저녁 동숭동으로 갔는데요
동숭동 대학로가 누구 거라고
딱 잘라 말할 수는 없지만
잔칫집보다 환한 불빛을
이해준은 이미 손끝마다 챙기고 있었고
그 위로 이해준의 새가
뜨고 있었습니다
소극장 무대가 잠시 물고 있는 어둠을
등에 한 짐 지고 돌아온 그날 밤
마로니에 공원은 왜 말을 더듬는가
죽은 주성윤 시인이 와서
떠듬떠듬 말해 주었습니다
한때는 대학로가 그의 것이었습니다
내일은 신촌도 비우고

인사동도 비우고
동숭동마저 비워야 할 것을 나는 압니다

반 품

그대에게서
반품이 되어 돌아온 내 시詩를
오늘은 작두날로 썰어
파지로 버린다
전에는 국판 크기였는데
오늘은 탈색된 B6판 크기의
쓸모없는 세상의 한쪽에 비켜서서
작두날마저 먹지 못하는
파지로 버린다
몇 대의 트럭에 실려
파지공장으로 떠나는
저 낯익은 얼굴!
그 트럭 위에
오늘은 내가 반품으로 앉아 있다

우리들의 우산

비를 가리기 위해 우산을 펴면
빗방울 같은 서정시 같은 우산 속으로
바람이 불고
하늘은 우리들 우산 안에 들어와 있다
잠시 접혀 있는 우리들의 사랑 같은
우산을 펴면
우산 안에서 우리는 서로 젖지 않기
외로움으로부터 슬픔으로부터 서로 젖지 않기

물결 위로 혹은 꿈 위로 얕게 튀어오르는
빗방울 같은 우리 시대의 사랑법 같은
우산을 받쳐 들고
비 오는 날 우산 안에서
서로를 향해 달려가기

비는 내려서 우리의 마음 속으로 스며들어
지하수로 흘러가지만
정작 젖는 것은 우리들의 여린 마음이다
우산 하나로 이 빗속에서
무엇을 가리랴
젖지 않는 꿈, 젖지 않는 희망을
누가 간직하랴

비를 가리기 위해 우산을 펴면
물방울 같은 서정시 같은 우산 속으로
바람이 불고
하늘은 우산만큼 작아져서 정답다
아직 우리에게 사랑이 남아 있는 한
한번도 꺼내 쓰지 않은

하늘 같은 우산 하나
누구에게나 있다

아름다움의 뿌리
—김종해의 시세계

신 경 림(시인)

1

　나는 지금도 김종해 시인을 「항해일지」의 시인으로 기억하고 있다. 20여년 전 「항해일지」란 제목으로 발표되던 연작시를 읽은 인상이 너무 강한 탓일 터이다. 그 이전에 나는 그가 여러 해 동안 직접 배를 탄 경험을 가지고 있다는 얘기를 들은 바 있었다. 바다와 인연이 없는 나는 그 시들을 통해서 간접적으로 바다 체험을 하고 싶었을 것이다. 하지만 그 제목이 은유라는 사실을 알고도 나는 실망하지 않았다. 실망은커녕 고무되었다. 항해로 비유한 세상살이에 대한 생각이 나와 크게 다르지 않다는 사실을 발견했기 때문이다. 내가 제일 먼저 읽은 연작시 「항해일지」는 〈시일야방성대곡(是日也放聲大哭)〉이라는 부제가 붙은 「항해일지③」이 아니었나 싶다. 깊은 절망감에 빠져 있던 70년대 말이다.

  아무리 노질을 해도 이 도시 바깥으로 빠져나갈 수는
없구나.
  물길은 사납고 며칠째 비가 오고 있다.
  오늘은 노예선을 보았다.
  약 5천만 톤의 선적 위에 그들의 고뇌와 슬픔이 못질
되어 있었다.
  여보, 이 배는 어디로 가지요.
  황량한 을지로의 물목에서 손을 흔들었지만
  아무도 대답하지 않았다.
  저희 배를 갖지 못한 자들의 노질을 바라보다가
  선창을 닫았다.
  어제 삼각지의 비오는 해협에서 침몰했던
  한 불행한 男子의 난파 때문에
  깊게 방수되어 있는 나의 조타실이 침수되었다.
  그럼에도 불구하고
  오늘은 선창을 굳게굳게 닫아걸고
  是日也放聲大哭을 핑계삼아 읽다
  비안개 속에서 어디선가 슬픈 霧笛 소리
  길게 두 번 울리다

                              —「항해일지③」 전문

아무리 애를 써도 도시 밖으로 빠져나갈 수 없는 노질, 사나운 물길과 며칠째 오는 비, 노예선, 침몰한 한 불행한 남자의 난파, 깊게 방수되어 있는 조타실의 침수…… 말할 것도 없이 당시의 절망적인 상황의 알레고리이다. 이 시의 맛은 그 상황을 을사보호조약이 체결된 것을 통탄하여 장지연이 《황성신문》에 쓴 사설과 연결시킨 데 있었던 것 같다. "시일야방성대곡(是日也放聲大哭)을 핑계삼아 읽다"에서 "아아 분하도다! 우리 2천만, 타국인의 노예가 된 동포여…… 원통하고 원통하도다! 동포여! 동포여!"의 장지연의 통곡을 떠올리면서 상황을 더 비극적으로 받아들인 것은 비단 나만이 아닐 것이다. 말하자면 이 시는 당시 누구나 쓰고 싶었으면서도 아무도 흉내낼 수 없었던 상황시였다.

좀 뒤에 읽은 〈잠수부 학재〉라는 부제의 「항해일지⑪」도 내가 크게 감명을 받았던 시이다.

> 잠수부 학재의 어머니는 점쟁이였다.
> 그녀는 대를 흔들고 칼을 던져 점을 쳤는데
> 아들이 자라서 잠수부가 되리라고는 점치지 못했다
> 잠수부 학재가 물굽이를 넘나들며
> 해저에서 캐어올리는 것은 진주조개가 아니다
> 시퍼렇게 불어터진 난파선의 혼령이었다

그 시체들을 하나씩 거머잡고 건져올릴 때마다
바다는 휘파람새의 깃털을 길게 날렸다
종로 3가의 포장술집에서
휘파람새의 휘파람 소리 같은 술잔을 들이켜며
오늘 내가 잠수부 학재를 떠올리는 것은
그가 이 도시의 어느 수면에서 자맥질하며
침몰해가는 우리 시대의 난파선을, 그 주검들을
그의 검고 억센 주먹으로 거머잡으러 오지 않나
두려워해서다
—「항해일지⑪」 전문

나는 이 시를 읽으면서 섬뜩한 느낌이 들었던 일이 생각난다. 도시의 수면에서 자맥질하면서 우리 시대의 난파선이며 주검들을 거머잡는 작자를 연상했기 때문이다. 이 시의 바탕에는 치열한 삶이 있고, 그 치열한 삶이 치열한 말로써 체험된 경우의 전형을 볼 수 있었다.

"마당에서 장작을 패고 있는 아버지를 보면/ 나도 도끼로 패주고 싶은 것이 있다"로 시작되는 「항해일지㉑」을 읽은 것은, '민중'이란 말로 안되는 것이 없던 때였던 것 같다. '민중'이란 모자만 쓰고 나오면 그 시에는 비판도 조심스러워, 되지도 않은 고교생 수준의 시들이 민중시라는 이름으로 양산되던 시절이다. 심지어 문학

은 변혁운동에 복무하지 않으면 안된다는 소수의 강압
적인 목소리가 건전한 민중시를 침묵케 하고, 시에서 문
학성 운운하면 단칼에 보수반동 혹은 예술주의자로 내
몰리던 판국이었다. 이럴 때 "민중민중민중민중민중민
중/ 말의 남발보다/ 땀 흘려 일하는 개인주의를 더 사랑
한다" 등의 반어적 발언이나 "아버지가 쥔 도끼자루는
녹슬었지만/ 밑바닥을 살았던 아버지의 적개심이/ 이
가을에/ 문득 내 손에도 쥐어져 있구나" 같은 진술은 용
기 없이는 쉽게 할 수 없는 고백이리라. 나는 이 시를 읽
으면서 가슴이 뜨끔한 대목 없지 않았으나, 이 시인이야
말로 사회가 요구하는 것에 대한 대답으로 시를 쓸 수
있는 용기 있는 시인이라는 생각을 했었다.

2

　내가 김종해 시인의 시집에 해설을 써줄 것을 부탁받
았을 때 선뜻 응한 것은 「항해일지」의 기억 탓이다. 하
지만 막상 보내온 원고를 읽으며 당황했다. 이미 그는
내가 알고 있는 김종해 시인이 아니었기 때문이다. 한편
기뻤다. 새 시집의 시들은 한 마디로 시를 읽는 즐거움
을 만끽시켜 주는 시들이었기 때문이다. 사람들은 왜 시

를 읽을까, 나는 종종 이 문제를 생각해 보지만, 적어도
나의 경우 아무리 그 내용이 훌륭한 것이라 하더라도 시
를 읽는 즐거움을 주지 못하는 시라면 읽지 않는다. 어
떤 시가 어떻게 즐거움을 주는가를 따지기란 쉬운 일이
아니겠지만, 분명한 것은 그것은 산문이나 그밖의 사회
과학이 주는 즐거움과는 판이하게 다르다는 점이다. 말
하자면 김종해 시인의 이번 시집의 시들은 이런 요소들
을 가지고 있었다. 먼저 눈에 번쩍 띄는 시는「그녀의 우
편번호」였다. 길지만 전문을 인용해 보자.

오늘 아침 내가 띄운 봉함엽서에는
손으로 박아쓴 당신의 주소
당신의 하늘 끝자락에 우편번호가 적혀 있다.
길 없어도 그리움 찾아가는
내 사랑의 우편번호
소인이 마르지 않은 하늘 끝자락을 물고
새가 날고 있다
새야, 지워진 길 위에
길을 내며 가는 새야
간밤에 혀끝에 굴리던 간절한 말
그립다, 보고 싶다,
뒤척이던 한 마디 말

오늘 아침 내가 띄운 겉봉의 주소
바람 불고 눈 날리는 그 하늘가에
당신의 우편 번호가 적혀 있다

*

나는 오늘도 편지를 쓴다
세상에서 가장 아름다운 여인의 이름
수신인의 이름을 또렷이 쓴다
어 • 머 • 니

*

새야,
하늘의 이편과 저편을 잇는 새야
사람과 사람 사이
그 막힌 하늘길 위에
오작교를 놓는 새야
오늘밤 나는 그녀의 답신을 받았다
흰 치마 흰 고무신을 신으시고
보름달로 찾아오신
그녀의 달빛 편지

나는 그녀의 우편번호를

잊은 적이 없다

　설명할 것도 없이 어머니를 그리는 시다. 한데도 항용 이런 시들이 빠지기 쉬운 청승이나 궁상이 없고 그지없이 아름답기만 하다. 이 시인의 시에 「어머니의 맷돌」, 「어머니의 날개」, 「어머니와 설날」 등 어머니를 소재로 한 시가 많음은 내가 새삼스럽게 지적할 필요가 없을 것이다. 이 시인에게 있어 어머니의 존재는 시집 『무인도를 위하여』의 해설에서 정규웅은 "이 냉혹한 현실을 구원해 줄 수 있는 신과 같은 존재"이며 "시인은 오직 그 어머니만이 암울하고 비극적인 세계에 희망을 가져다 줄 수 있다고 믿고 있는 존재"라고 말한 바 있지만, 위의 시에서 시인은 어머니를 환상적일 만큼 아름다운 이미지를 통하여 보여주고 있다. 하늘나라의 어머니에게 띄우는 봉함엽서, 하늘 끝자락에 적혀 있는 우편번호, 소인이 마르지 않은 하늘 끝자락을 물고 날아가는 새, 흰 치마 흰 고무신을 신고 보름달로 찾아오신 달빛 편지…… 모두 현실에 없는 것들이지만 있기를 바라는 것들이기도 하다. 이 시를 읽으면서 시란 사람이 꿈꿀 수 있는 모든 것을 보여주는 일도 해야 하는 것이 아닐까라는 생각도 문득 들었다. 어쩌면 이 아름다운 이미지들을 현실에 대한 절망감의 반어적 표현으로 읽는다는 것은 오히려 부질없는 독법일지도 모른다. 한편 이 시를 읽으며 환한 보름달 속에 떠오른 어머니의 모습과 하늘 끝을 날아가는 아름답고 장엄한 새의 모습을 함께 머리 속에 그렸다.

실제로 그의 삶에서 어머니가 차지하는 비중이 얼마나 큰가를 모르고는 이 시인의 시를 제대로 알 것 같지가 않다. 그에게 있어 어머니는 "오늘 일을 끝낸 다음,/ 내 집으로 오르는 현관 계단에서/ 멈칫,/ 누군가 나를 지켜보는 이 있어/ 나는 하늘을 잠시 보았다/ 아, 하늘에는 / 어머니가 환하게 웃고 계신다(「보름달」)"에서 볼 수 있듯 그를 지켜보고 있는 존재이며, "어머니가 이고 오신 섬 하나/ 슬픔 때문에/ 안개가 잦은 내 뱃길 위에/ 어머니가 부려 놓은 섬 하나/ 오늘은 벼랑 끝에 매달려 있다/ ……어머니가 빌려주신 남빛 바다/ 이젠 저 섬으로 내가 가야 할 때다(「섬 하나」)"처럼 그가 돌아가야 할 곳이다.

이제 나의 별로 돌아가야 할 시각이
얼마 남아 있지 않다

지상에서 만난 사람 가운데
가장 아름다운 여인은

어머니라는 이름을 갖고 있다

나의 별로 돌아가기 전에
내가 마지막으로 부르고 싶은 이름
어•머•니

　　　　　　　　　　　—「사모곡」 전문

　세상에 어머니를 기린 시들은 식상할 만큼 허다하다.
고향과 함께 시에 가장 많이 등장하는 단골 메뉴이기도
하다. 그래서 어머니를 소재로 해서 시가 성공하기란 오
히려 어렵다. 하지만 어머니를 "지상에서…… 가장 아름
다운 여인"으로 포착한 경우는 그리 흔치 않은 것 같다.
그의 시가 읽는 재미를 주는 시가 되고 있는 데는 이와
같이 같은 소재를 두고도 다른 시인과 일정한 시각의 차
이를 두고 있는 데서 오는 대목도 없지 않을 것이다.

　　　　　　　3

　이 시집에 실린 시들은 전체적으로 아름답다. 아름다
울 뿐 아니라 넉넉하고 따뜻하다. 그의 시가 처음부터,
적어도 『항해일지』의 시들은 그렇지 않았다는 점에 주

목할 필요가 있을 것이다. 말하자면 이 시들의 아름다움 또는 넉넉함, 따뜻함은 "오늘은 선창을 굳게굳게 닫아걸고(「항해일지③」)" 또는 "휘파람새의 휘파람 소리 같은 술잔을 들이켜며/ 오늘 내가 잠수부 학재를 떠올리는" 「항해일지⑪」의 과정을 거치고 난 뒤에 얻어진 것들이라는 점이다.

> 사람들이 하는 일을 하지 않으려고
> 풀이 되어 엎드렸다
> 풀이 되니까
> 하늘은 하늘대로
> 바람은 바람대로
> 햇살은 햇살대로
> 내 몸 속으로 들어와 풀이 되었다
> 나는 어젯밤 또 풀을 낳았다
>
> ─「풀」 전문

이 시에서 화자가 풀을 통하여 사람살이의 이상적인 모습을 그리려 했다고 읽어도 터무니없는 것은 아닐 터이다. "사람들이 하는 일"은 너절하고 시시한 일이라는 메시지가 행간에 배어 있다는 소리도 된다. 어쩌면 이 "사람들이 하는 일"에는 「항해일지」의 "오늘은 선창을 굳게굳게 닫아걸고"나 "오늘 내가 잠수부 학재를 떠올리는" 일까지 포함되어 있는지도 모른다. 이를테면 이 시에는 탈속주의 체취가 강하다. 이 탈속주의는 역시 「항해일지」의 "밑바닥을 살았던 아버지의 적개심이/ 이 가을에/ 문득 내 손에도 쥐어져 있구나"라는 고백과 무관하지 않을 터이지만, 풀의 깨끗하고 청정한 이미지와 함께 사람살이의 맑고 바른 길을 보여 주는 데 크게 기여하고 있는 점도 간과할 수 없을 것 같다. "하늘은 하늘대로 바람은 바람대로……내 몸 속으로 들어와 풀이 되었다"라는 조금은 범상한 표현이 "나는 어젯밤 또 풀을 낳았다"의 결구로 얼마나 빛나고 있는가도 주목할 대목이다.

> 눈은 가볍다
> 서로가 서로를 업고 있기 때문에
> 내리는 눈은 포근하다
> 서로의 잔등에 볼을 부비는
> 눈내리는 날은 즐겁다
> 눈이 내릴 동안
> 나도 누군가를 업고 싶다
>
> ―「눈」 전문

참 따뜻한 시다. 눈이 포근한 것은 서로가 서로를 업고 있기 때문이며 서로의 잔등에 볼을 부비며 눈이 내린다니, 이 얼마나 따뜻한 눈길인가. 남과 더불어 사는 즐거움을 깊이 알지 않고는 말할 수 없는 표현이다. 이 시의 내용을 앞의 「풀」의 탈속주의와 크게 다른 것으로 읽을 필요는 없을 것이다. 이 시에도 더러운 것, 너절한 것, 속된 것에 대한 거부가 배색으로 깔려 있기 때문이다.

한편 이 시집에는 그의 연륜을 짐작케 하는 시들도 여러 편 보인다.

지상의 시간이 끝난 사람이
잠자러 가는 시각,
인간의 이름은 모두 따뜻하다
이 별을 떠나기 전에
내가 할 일은 오직 사랑밖에 없다
—「고별」 전문

사라져가는 것보다 아름다운 것은 없다
안녕히라고 인사하고 떠나는
저녁은 짧아서 아름답다
그가 돌아가는 하늘이

회중전등처럼 내 발밑을 비춘다
내가 밟고 있는 세상은
작아서 아름답다

　　　—「저녁은 짧아서 아름답다」 전문

　설명할 것 없이 두 편 모두 죽음을 노래한 시다. 하지만 죽는 것은 “이 별을 떠나는” 것으로, 저 세상으로의 길은 “회중전등처럼 내 발밑을 비춘다”로, 죽음을 음산하고 어둡게가 아니라 그지없이 아름답게 그리고 있다. 천상병이 「귀천」에서 “아름다운 이 세상 소풍 끝내는 날 / 가서, 아름다웠더라고 말하리라”라고 죽음을 노래한 바 있기는 하나, 우리 시에서 죽음이 아름답게 표현된 일은 많지 않다. 이 역시 “나는 어젯밤 또 풀을 낳았다(「풀」)”라든가 “나도 누군가를 업고 싶다(「눈」)”의 맑고 깨끗한 마음, 따뜻하고 넉넉한 마음을 그 밑에 깔고 있다고 읽어도 좋을 듯싶다. 하지만 이 시집에서 가장 아름다운 시를 뽑는 데 있어 아무래도 「텃새」를 빼놓을 수는 없을 것 같다

하늘로 들어가는 길을 몰라
새는 언제나 나뭇가지에 내려와 앉는다
하늘로 들어가는 길을 몰라

하늘 바깥에서 노숙하는 텃새
저물녘 별들은 등불을 내거는데
세상을 등짐지고 앉아 깃털을 터는
텃새 한 마리
눈 날리는 내 꿈길 위로
새 한 마리
기우뚱 날아간다

—「텃새」 전문

이 시에 굳이 깊은 뜻을 넣어 읽을 필요는 없다고 생각한다. 나뭇가지에 앉아 자는 새를 "하늘로 들어가는 길을 몰라／ 하늘 바깥에서 노숙"한다는 발상 자체가 아름답다. 밤이 되어 별이 나타나는 것을 별들이 등불을 내건다고 생각하는 것 또한 동화적이지만 재미있다. 세상을 등지고 하늘을 향해 앉아 있는 것을 "세상을 등짐지고 앉아"있다고 말하는 것도 아무나 쉽게 할 수 있는 것이 아니다. 한 폭의 동양화 같은 시다.

『항해일지』 또는 『별똥별』을 기억하고 있는 독자 가운데는 이 시집을 읽으며 치열성이 덜한 점을 아쉽게 생각하는 사람도 없지 않을 것이다. 물론 이 시집에는 "파리 정박 이틀, 나는 가보았다／ 생 미셸 여자 형무소의 단두대／ 돌벽으로 된 지하 암벽에／ 암혈의 어둠을 껴안고 죽

97

어갔던 여인들을 만났다(「항해일지⑰」)”라든가 “공구가
죽은 얼마 뒤/ 청산가리를 먹고 구짱이 죽고/ 우리들의
대장 만출이 녀석도/ 세상을 떴다(「별똥별」)” 같은 작살
로 고기를 찍는 것 같은 진술은 없다. 하지만 이 시집의
시들이 치열함이 덜하다고 생각하는 것은 시에 있어서
의 치열함을 ‘부릅뜬 눈’이나 ‘새된 목소리’로만 한정해
생각하는 고정관념에 따른 것일 수도 있다. 매너리즘에
빠져 있지 않는 한, 어떠한 발상의 시도 표현이 곱고 부
드럽다고 해서 시적 치열함이 덜하다고 판단하기는 쉽
지 않은 까닭이다. 가령 다음과 같은 시 한 편을 더 읽어
보자.

　　　따스한 것은 빨리 증발한다
　　　새벽에 눈을 떠보니까
　　　나의 동무들은 모두 떠나고
　　　나 혼자 남아 있다
　　　외로워지니까 추억이 그 자리를 넓힌다
　　　내 안에서 인기척을 내는 것은
　　　무인도뿐이다
　　　저 혼자 바위가 되거나
　　　바람이 되는 것이다
　　　하루치의 미세량!

무인도에선
그리운 사람의 이름만
파도소리를 내고 있다
　　　　　―「따스한 것은 빨리 증발한다」 전문

　이 시집을 읽는 독자에게 나는 그의 연작「항해일지」
의 연장선상에 놓인 시로 보아도 좋을「무인도」한 편을
더 읽어보기를 권한다. 이 시를 읽으면 그의 시세계가
어떻게 변모하고 무엇이 사상되고 지속되었으며 무엇을
지향하고 있는가를 확연히 알게 되고, 그래서 그의 시를
읽는 재미는 배가될 것이다.

　퇴계로에서 을지로를 지나고 청계천으로 걸어가는 동
안
　중부시장 행상인들이 잡아당기는 밧줄,
　오늘따라 무인도가 유달리 바다 위로 치솟아 보였다
　눈마저 내리지 않는 외롭고 캄캄한 날
　인파의 물살을 허우적이며
　퇴계로에서 을지로로 노를 젓는 동안
　내 돛대 위에 흐느끼던 깃발은
　가만히 아래로 떨어져 내리고
　무인도는 점점 커다랗게 떠올라와 있었다

바다의 물살은 드높아지고
아무도없구나아무도없구나
어느덧 내 마음 무인도에 가 흐느끼노니
내가 밟는 빈 도시의 어둠, 서울의 어둠
무인도여 무인도여 살아 있는 것이라곤 아무 데도 없
구나
눈마저 내리지 않는 외롭고 캄캄한 날
중부시장 행상인들이 잡아당기는 밧줄은
한없이 풀려나가고
퇴계로에서 을지로를 지나 청계천으로 노를 젓는 동안
꿈꾸듯 깜박이는 내 배의 등불에
오늘은 무인도가 커다랗게 커다랗게
걸려들어 퍼덕이누나

—「무인도」 전문

김종해 시인의 약력

1941년 부산에서 태어남. 1963년 《자유문학》지에 시 당선.
《경향신문》 신춘문예 시 당선으로 문단 데뷔.
〈現代詩〉 동인, 자유실천문인협의회 창립발기위원 및
민주평통 문화예술분과 상임간사 역임.
현대문학상, 한국문학작가상, 한국시협상 등 수상.
한국시인협회 회장 역임, 현재 문학세계사 대표.
시집으로 『인간의 악기』『신의 열쇠』『왜 아니 오시나요』
『천노, 일어서다(장편서사시)』『항해일지』『바람부는 날은 지하철을 타고』
『별똥별』『봄꿈을 꾸며』가 있으며, 시선집이 있음.

풀

김종해 시집

·

초판 1쇄 발행일   2001년 9월 1일
3쇄 발행일   2013년 1월 20일

·

지은이 · 김종해
펴낸이 · 김종해
펴낸곳 · 문학세계사
주소 · 서울시 마포구 신수로 59-1(121-110)
전화 · 702-1800, 팩시밀리 · 702-0084
www.msp21.co.kr
이메일 · mail@msp21.co.kr
출판등록 · 제21-108호(1979.5.16)

·

값 9,000원

ISBN 978-89-7075-521-2   03810